ACTS OF GRACE

ACTES DE GRÂCE

Poésie(s)

Collection dirigée par Philippe Tancelin

Déjà parus

Ttotte ETXEBESTE, *Dans le silence des mots*, 2019.
Françoise SERANDOUR, *Êtres de solitude*, 2019.
Sylvie LE SCOUARNEC, *Facettes multiples facettes*, 2019.
Bernadette GINESTET, *Le Bonze et le Rat*, 2018.
Jean-Valère BALDACCHINO, *Les Piliers*, 2018.
Omar ABDALDAEM, *Poignée de rêve,* 2018.
Marcienne MARTIN, *Marelle lunaire*, 2018.
Pedro CARMONA, *Longue est la poussière*, 2018.
Ira FELOUKATZI, *Errances entre terre et ciel, Αιώρα ανάμεσα ουρανού και γης*, 2018.
Albert ANOR, *Ouvert pour inventaire*, 2018.
Alain VIGUIÉ, *Le fil bleu des jours*, 2018.
Iocasta HUPPEN, *États d'âme. Poèmes et phrases poétiques*, 2018.
Philippe ARRIEUS, *Du jour et de la nuit*, 2018.
Jean-François DUNAND, *Mon pays de Pount*, 2018.
Laurent POLIQUIN, *Voyageur des interstices*, 2018.
Mélanie GEORGELIN, *Journal de père*, 2018.
Pierre MELENDEZ, *Les bienfaits du rasoir*, 2018.
Charalambos P. LIPSOS, *Ombres sous une ombre*, 2018.
Mansour M'HENNI, *Petits poèmes en dose,* 2018.
Stéphanie BROYER, *Incarnation,* 2018.
Olivier OLLON, *Hommage personnel*, 2017.
Yannis LIVADAS, *Magnat de la Mort,* 2017.
Ángel MOTA BERRIOZÁBAL, *Un écho de ta voix, Un eco de tu voz,* 2017.
Evelyne M. BORNIER, *Le lit de l'exilée, The Bed of The Exilee, Traduction anglaise en collaboration avec Margaret M. Marshall*, 2017.
Jean-Baptiste LIBOUBAN, *Sentiers d'aurore*, 2017.
Bernard CREUTZ, *De sable et d'eau*, 2017.
DAVID, *Vivre enfermé, La dure réalité de la prison,* 2017.

Judy Pfau

Acts of Grace
Actes de Grâce

Poems
Poèmes

Bilingue
anglais/français

5-7, rue de l'École-Polytechnique, 75005 Paris

http://www.editions-harmattan.fr

ISBN : 978-2-343-17200-2
EAN : 9782343172002

I love the dark hours of my being.
My mind deepens into them.
There I can find, as in old letters,
the days of my life already lived,
and held like a legend, and understood.

Rainer Maria Rilke
The Book of Hours

J'aime les heures sombres de mon être.
Mon esprit s'y approfondit.
Là je découvre, comme dans de vieilles lettres,
les jours de ma vie déjà vécus,
et gardés telle une légende, et compris.

Rainer Maria Rilke
Le livre des heures

PREFACE

"The sacred is what gives life and takes it away, it is the source from which life flows, the estuary in which life is lost" wrote philosopher Roger Caillois. *Acts of Grace*, the title of Judy Pfau's second collection of poems, invites us to experience the sacred, to join in the celebration of life which is passing… which has already passed and which, because of this, engages us all the more.

More than a title, *Acts of Grace* may be seen as a setting: the "sanctuary of the poem;" one of those places we enter to find, with surprise, that our heads are bowed, our voices hushed, and our hearts surrendered. Every liturgy proceeds by rituals: just as church-going women of days gone by covered their shoulders with shawls, so must we, before crossing the threshold of this book of verse, be "clothed in serenity." Then only may we commune.

An atmosphere of chanted vespers, rather than dwindling twilight infuses the first pages. Serenity comes from the repeated trial of grief ("Grief, My Companion"), reaching "beyond the shadows of our lives." Hands are helpless here, or indeed they have done everything within their power. Until they experience "the white grief," "the Essence of You," whose serenity they hold until evening.

How many days have passed
how many hours
since my hands reposed
on your eyelids still warm?

After the completion of the act (of bringing hands together) and the litany of the beloved names of the departed, comes the time of Grace, for, "in the green vein /of the autumn leaf, / life glimmers." We may initiate this experience by "listening to trees." There, the grosbeak, swallow, wren, chickadee and sparrow warble their trills and refrains. Rarely have we encountered so many birds in a book of verse, not to mention the deer, fawns and butterflies that roam through these pages along with the jonquils, forget-me-nots, sunflowers and lilies that bloom between the lines. In Judy Pfau's world, biodiversity is intact, the ecosystem is preserved. Cities have not yet been founded.

Despite the losses experienced, or perhaps blessed by them, the beginning of things is yet to come. It is less a question of looking at the blackbird—in the 13 different ways of Wallace Stevens—than of listening to the blackbird "give birth to song." When tears have become "cooler than dew," then may we sing of "Earth / and her tenderness."

In the spirit of the observant Jew who, on waking, and before rising, recites his "Modeh ani" (I give thanks), the poet praises the evening, "this autumn night too beautiful for sleep." The words ring true. Without a trace of sentimentality or complacency, they lead us to celebrate Nature and Life in two languages, which answer each other like the harmonies of light and shadow. Judy Pfau creates an autumn night more beautiful than we know. We will wait until winter to lose ourselves in slumber.

Echoing the poetry of Andrée Chedid, her friend and mentor, the "angel of [her] night," to whom the final section of the book is dedicated, with these poems Judy Pfau invites us to a true Ceremony of Peace.

Étienne Orsini*

*Étienne Orsini is a poet and the program director at l'Espace Andrée Chedid in Issy-les-Moulineaux, France.

PRÉFACE

« Le sacré est ce qui donne la vie et ce qui la ravit, c'est la source d'où elle coule, l'estuaire où elle se perd » écrivait le philosophe Roger Caillois. Avec l'évidence assumée du titre de son deuxième recueil *Actes de Grâce*, Judy Pfau nous invite à sacrifier à ce culte, à cette célébration de la vie qui passe… qui est déjà passée et qui, pour cela, nous habite plus que jamais.

Autant qu'un livre, *Actes de Grâce* pourrait se révéler un lieu : le « sanctuaire du poème » ; un de ces endroits dans lesquels on s'étonne de pénétrer en baissant tête et voix, sans y avoir été contraint. Toute liturgie procède de rituels : de même que les femmes d'antan recouvraient leurs épaules de leur châle en rentrant dans l'église, il faut ici en franchissant le seuil du livre s'être « vêtu de sérénité ». Ensuite, seulement, pourra-t-on s'incliner.

Une atmosphère vespérale, et non crépusculaire, enveloppe les premières pages du recueil. La sérénité s'est tramée dans l'épreuve répétée du deuil (« Ô deuil, compagnon »), « par-delà les ombres de nos vies ». Les mains n'ont rien pu y faire. Ou plutôt, elles ont effectué tout ce qui était en leur pouvoir. Jusqu'à éprouver « le blanc chagrin », « l'Essence de Toi », elles l'ont conservée jusqu'au soir.

Combien de jours se sont écoulés
combien d'heures
depuis que mes mains reposaient
sur tes paupières encore chaudes ?

Après l'accomplissement de l'acte (d'apposition des mains) et la litanie des chers noms disparus, vient le temps de la Grâce. Car « dans la veine encore verte/de la feuille d'automne, /la vie scintille ». Il suffit pour l'éprouver de se mettre « à l'écoute des arbres ». Bouvreuil, hirondelle, troglodyte, mésange et moineau y bruissent de leurs trilles et de leurs ritournelles. On aura rarement croisé tant d'oiseaux dans un recueil de poésie. Sans parler des biches, des faons, des papillons qui traversent les pages ; ni des jonquilles, des myosotis, des tournesols, des lys qui poussent entre les lignes. Il faut dire que chez Judy Pfau, la biodiversité est intacte, l'écosystème est préservé. La ville n'a pas été fondée.

En dépit des pertes subies ou plutôt grâce à elles, la genèse est encore à venir. Il s'agit moins de regarder le merle – fût-ce de 13 façons, à l'instar d'un Wallace Stevens - que de l'écouter « donner jour à la mélodie ». Alors, tandis que les larmes sont devenues « plus fraîches que rosée », il devient possible de chanter « la Terre et sa tendresse ».

Comme le juif observant lance son « Moyde Ani » (je rends grâce), au réveil avant d'avoir quitté son lit, le poète s'exclame dans le soir : « Cette nuit d'automne [est] trop belle pour le sommeil ». Les mots sont justes. Ils nous conduisent, en deux langues qui se répondent en harmonie comme lumière et ombre, à une célébration, sans mièvrerie ni complaisance aucunes, de la Nature et de la Vie. Cette nuit d'automne, Judy Pfau l'embellit encore. Nous attendrons l'hiver pour sommeiller.

En écho à la poésie d'Andrée Chedid, figure amie, « ange de [sa] nuit », à laquelle est dédiée la dernière partie du recueil, c'est à un véritable Cérémonial de la Paix que nous convie l'auteur.

Etienne Orsini*

*Etienne Orsini est poète et responsable de la programmation de l'Espace Andrée Chedid à Issy-les-Moulineaux, France.

CLOTHED IN STILLNESS
VÊTU DE SÉRÉNITÉ

Clothed in Stillness

Beyond the shadows of our lives
and our restless steps

beyond our sun-filled dreams
and our incessant quest

clothed in stillness,
You wait.

Vêtu de sérénité

Par-delà les ombres de nos vies
et le délire de nos pas

par-delà nos rêves éblouis
et notre incessante quête

vêtu de sérénité,
Tu attends.

Lilies

In memory of my father
(May 18, 1919 to June 17, 2005)

How many days have passed
how many hours
since my hands reposed
on your eyelids still warm?

How many days have passed
how many hours
since the lilies on your grave
shed their gold

on the white grief of my hands?

Lys

À la mémoire de mon père
18 mai 1919 au 17 juin 2005

Combien de jours se sont écoulés
combien d'heures
depuis que mes mains reposaient
sur tes paupières encore chaudes?

Combien de jours se sont écoulés
combien d'heures
depuis que les lys sur ta tombe
saupoudraient d'or

le blanc chagrin de mes mains ?

According to the Heart

Death comes
clothed in shadow
          or sunlight

according to the heart
          of each.

Selon le cœur

La mort vient
vêtue d'ombre
        ou de soleil

selon le cœur
        de chacun.

The Essence of You

In memory of my mother
(September 28, 1920 to October 28, 2012)

The essence of you
lingers on my hands
not the legend's
lavender or lace

but the perfume of age
and disarming love
the fragrance of votives
illumined in a sacred place.

L'essence de toi

À la mémoire de ma mère
28 septembre 1920 au 28 octobre 2012

L'essence de toi
demeure entre mes mains
ni la lavande
ni la dentelle des légendes

mais le parfum de l'âge
et de l'amour désarmant
la fragrance de cierges
illuminés au lieu sacré.

The Blue Hour

Before the gray mists rise
on the shores

before the first bird stirs
in the branches

I kneel at the source
of dawning light

as it enters the soul
of all the Thousand Things.

L'heure bleue

Avant l'afflux des brumes
sur les côtes

avant l'éveil du chant
entre les branches

je m'incline devant la source
d'aube naissante

effleurant l'âme
des mille parcelles de la Terre.

Wisdom

There is wisdom
in the blade of grass

encased in frost
or sunlight.

Sagesse

Sagesse
du brin d'herbe

enchâssé de givre
ou de soleil.

Patience of Stone

Imagine
the patience of stone
inexorably sculpted
          by tides

ineluctably refined
by the sands
          of centuries.

Patience de la pierre

Imaginez
la patience de la pierre
inexorablement sculptée
          par la houle

inéluctablement polie
par les sables
          millénaires.

The Soul

Sometimes in memory's
still waters
we glimpse the Soul

of Earth
of Self
of Other

Then love blooms
and innocence is reborn.

L'Âme

Quelquefois dans les eaux immuables
de la mémoire
nous apercevons l'Âme

de la Terre
du Soi
de l'Autre

Alors l'amour s'épanouit
et l'innocence revit.

Ancestral Voices

Primordial man
drew his magic
on walls of stone

since that time
ancestral voices
sanctify the Earth.

Voix ancestrales

L'homme primordial
dessina sa magie
sur des murs de pierre

depuis lors
les voix ancestrales
sanctifient la Terre.

The Threshold of Days

When comes
my time to cross
the threshold of days

let me lay me down
in fields of lavender
and Queen Anne's lace

cradled in the arms of dawn
let me surrender
all welcome the seasons embrace.

La lisière des jours

Quand viendra
mon heure de franchir
la lisière des jours

dans un champ de dentelle
et de lavande
laisse-moi m'étendre

bercée dans les bras de l'aube
laisse-moi abandonner
tout accueil enlacé aux saisons.

Tears

More sweet
than summer rains

more turbulent
than storms

more cool
than dew

more eternal
than death

are given to us
for Life.

Larmes

Plus douces
que pluies d'été

plus turbulentes
qu'orages

plus fraîches
que rosée

plus éternelles
que mort

ainsi la Vie
nous sera donnée.

YOU, LIFE
TOI, LA VIE

You, Life

Life, we cling to You
as the leaf to the tree.

As the bud
tightens
on the branch
later
to unfold

as the leaf
turns
from green
to gold

so do we
embrace
this living face
then,
painfully,
let go.

Toi, la Vie

À Toi la Vie, nous nous suspendons
comme la feuille à l'arbre.

Comme le bourgeon
gonfle
sur la branche
pour bientôt
éclore

comme la feuille
vire
du jade
à l'or

ainsi de nous
qui étreignons
cette vive figure
pour un jour,
navrés,
l'abandonner.

Heart's Desire

The equinox has passed,
daylight recedes
and sap returns
to the tree's embrace.

Leaves, dressed in scarlet and gold,
quivering, release their hold,
in love with the earth,
yield to desire.

Au seul désir

L'équinoxe passé,
la lumière se retire
et la sève se réfugie
au cœur du bois.

Les feuilles, parées d'écarlate et d'or,
frémissant avant de lâcher prise,
amoureuses de la terre,
cèdent au désir.

Life's Radiant Face

Beneath grief's shadow,
in the green vein
of the autumn leaf,
life glimmers.

In the amber sap
of the willow's withes,
life persists.

At each loved one's passing,
I go nearer to death
and glimpse Life's
most radiant face.

La figure rayonnante de la Vie

Sous l'ombre du deuil,
dans la veine encore verte
de la feuille d'automne,
la vie scintille.

Dans la sève ambrée
des rameaux de l'osier,
la vie persiste.

À chaque départ d'un être aimé,
je m'approche de la mort
pour déceler la Vie
en sa plus rayonnante figure.

Imperfect Things I Love

For Françoise Audibert

Butterflies
with tattered wings
that spiral toward the sky

a baby bird
that flutters and falls
before it learns to fly

the cedar in my garden
split by storm
that mends with time.

But when will wisdom
let me love
this body in decline?

Il est des indigences que borde ma tendresse

Pour Françoise Audibert

Ce papillon
aux ailes défraîchies
en folle ronde s'accrochant au soleil

cet oisillon qui chute
dans le frisson de son jeune duvet,
impatient de voler

mon cèdre là-devant
que l'orage a fendu
et qui, jour après jour, se redresse.

Quand, sage enfin,
borderai-je d'une égale tendresse
ce corps en son déclin ?

Grosbeak

When clouds hide the sun,
when I fear there is an end
to the miracles You bestow,

a grosbeak settles on the dogwood tree,
and rose breast swelling with melody,
trills the most beautiful song
        that ever was.

Le bouvreuil

Quand le brouillard dérobe le soleil
quand je crains qu'il y ait une fin
aux miracles que Tu dévoiles,

un bouvreuil se pose sur le pommier
et sa gorge pivoine gonflée de mélodies,
trille le plus beau chant
          jamais inventé.

Friendship

Light-hearted and free
        my swallow

noble and brave
        my lioness

tenacious and true
        my bond.

L'amitié

Libre et légère
        mon hirondelle

courageuse et fière
        ma lionne

tenace et fidèle
        mon alliance.

Kingdom of Dreams

How did I lose
this Kingdom of Dreams?

Once I lived there
and knew no other
I entered
through the tall hickory
beguiled by the wren's warble
borne on the flute note of the thrush

If I seek my lost land
in the dew's cool caress
in a burst of swallows
or the blue where clouds begin

will I find its breath of loveliness?

Royaume des Songes

Comment ai-je perdu
ce Royaume des Songes ?

J'y séjournais alors
et n'en connaissais d'autre
j'étais passée
par le grand chêne
séduite par le trille du troglodyte
portée par les gammes flûtées de la grive

Si je cherchais ma terre disparue
dans la fraîche caresse de la rosée
dans un bouquet d'hirondelles
dans l'azur où naissent les nuages

recouvrirais-je le souffle de sa grâce ?

Poetry

By your grace
the nomad seagull
reposes on the wave

by your grace
a singular star illumines
the shepherd's way

by your grace
the sunflower invites
a butterfly named Aphrodite

by your grace
passion's storms
give way to calm

by your grace
this rush of words
brings peace.

Poésie

Par ta grâce
le goéland nomade
repose sur la vague

par ta grâce
une étoile unique illumine
la voie du berger

par ta grâce
le tournesol invite
un papillon nommé Aphrodite

par ta grâce
la tempête des passions
fait place à l'embellie

par ta grâce
ce torrent de mots
charrie la paix.

February

Come close to me
and watch the evening fall

Come close and see
the gray doe and her fawn
bow graceful heads
to nip the shoots of green
beneath the melting snow

Come close and celebrate
this New Year's tenderness,
its rituals of courting birds
and those in love.

According to the Roman calendar, February marked the beginning of the New Year and was celebrated by rituals of purification. In our day it is also the month when the Great Horned Owl and other birds go courting.

Février

Viens voir près de moi
le soir qui descend

Viens voir
la biche et son faon
incliner leurs têtes graciles
pour brouter les pousses vertes
sous la neige qui fond

Viens fêter près de moi
la douceur de ce Nouvel An,
ses rites de noces aviennes
et de ceux qui s'aiment.

Selon le calendrier romain février annonça le début du Nouvel An et fut célébré par des rites de purification. De nos jours c'est également le mois où le hibou grand-duc et d'autres oiseaux font leur cour.

Robins

For Louis Chedid

March has come
and over the frozen earth
robins weave their song of spring,

better at belief than I,
who falter along my way
toward radiant joy.

Les rouges-gorges

Pour Louis Chedid

Mars est revenu
sur le sol glacé les rouges-gorges
tissent le printemps de leurs trilles,

plus assurés que moi
qui trébuche à tâtons
vers ma rayonnante joie.

Blackbird

Poised
between night
and daylight

a blackbird
in the courtyard
awakens

murmurs secrets
voices certainties
intones hope

what a heavenly
language
he speaks!

Le merle

En cette heure
suspendue
entre la nuit et le jour

un merle
dans la cour
s’éveille

murmure ses secrets
affirme ses certitudes
psalmodie l’espoir

quel langage
sublime
que sa litanie !

Flowers

Have you noticed
how flowers
embrace
the shape
of suns
or stars
or bells?

Les fleurs

Avez-vous remarqué
comment les fleurs
épousent
la forme
du soleil
de la cloche
ou de l'étoile ?

Spring Song

This morning I awaken to glory:

a world dressed in tenderness
willows bowing over grass bejeweled
with primrose and forget-me-not
with violets emboldened by the sun
and tiny rose-striped stars
mirrors of spring's beauty

above a generous sky
embraces every blue.

Reverdie

Ce matin je me réveille à la gloire :

la terre de tendresse toute vêtue
les saules penchés sur l'herbe parée
de primevères et de pervenches
de violettes enhardies par le soleil
et de petites étoiles au cœur rayé
miroirs de la beauté du printemps

par-dessus un ciel généreux
prodigue tous les bleus.

Another Spring

In memory of Geneviève Renaud
October 5, 1916 to January 5, 2017

I wake to the wren's song
the joyful melody he trilled
the day you went away

your light is shining still
in the daffodils' yellow blooming
but your smile is gone
and the tenderness that was mine
when you leaned against my shoulder

you would not want me to grieve
rather let me take your hand
as together we welcome
another spring.

Ce nouveau printemps

À la mémoire de Geneviève Renaud
5 octobre 1916 au 5 janvier 2017

Je me réveille au chant du troglodyte
la mélodie joyeuse qu'il trillait
le jour où tu t'en allas

ta lumière rayonne encore
dans l'éclosion jaune des jonquilles
mais ton sourire me fuit
ainsi que la tendresse qui était mienne
quand tu t'appuyais sur mon bras

tu ne voudrais que je te pleure
plutôt que je te prenne la main
pour accueillir ensemble
ce nouveau printemps.

Bluebird

For Marie-Madeleine van Ruymbeke

Your cousin the robin
outshines you, they say,
in virtuosity

while the wood thrush
knows no equal
on the flute.

Your warbled notes
are simple and discreet,
but your cerulean splendor
lingers.

L'oiseau bleu d'Amérique

Pour Marie-Madeleine van Ruymbeke

Ton cousin le merle
t'éclipse, dit-on,
en virtuosité

alors que la grive musicienne
cajole les notes célestes
de la flûte.

Ta ritournelle
est simple et discrète
mais ta brillance céruléenne
          rayonne.

Butterfly Kiss

A Painted Lady
kissed me
with her wings

my step is light.

Baiser de papillon

Une Vanessa
m'embrassa
de ses ailes

j'avance allégrement.

Forget-me-not

At summer's zenith
you are blue
and cool

spilling
your sapphire stars
like water over stone.

Myosotis des bois

Au zénith de l'été
tu es bleu
et frais

répandant
tes étoiles saphir
telle l'eau sur la pierre.

First Sign

Autumn drifts in
on small yellow wings

that flutter to the ground.

Premier signe

L'automne atterrit
sur de petites ailes jaunes

qui papillonnent jusqu'au sol.

Evergreen

Weary are hickory
and oak
the maples nod
and fade

only the pines
keep their promise
ever green.

Promesse de verdure

Las sont le noyer
          et le chêne
les érables se dénudent
          et s'endorment

les sapins seuls
gardent leur promesse
          de verdure.

Year's End

Tonight
the new moon rises
graceful and golden

like the star
that is born
whenever love flowers.

Fin d'année

Ce soir
la lune neuve se lève
gracile et dorée

telle l'étoile
qui naît
quand l'amour éclot.

LISTENING TO TREES
À L'ÉCOUTE DES ARBRES

Listening to Trees

On a windless day
I listen to trees
converse in the language
of chickadee and sparrow

I lay my hand
on the sycamore's bark
and hear the thrum
of the Earth's heart

like the song
of the ocean
in a shell I hold
against my ear

I ride on tides of breath.

À l'écoute des arbres

Par un jour sans vent
j'écoute les arbres
se parler dans la langue
de la mésange et du bruant

je pose ma main
sur l'écorce du sapin
où j'entends battre
le cœur de la Terre

comme le chant
de l'océan
dans la conque
à mon oreille

je chevauche les houles du souffle.

In You

When I was young,
I wished for passion
on a daisy's last petal
or evening's first star.

When passion came,
I burned beyond all knowing;
there was no armored knight
to save me from the fire.

The way was long and lone,
a maze of thorn and sorrow,
as my uncertain steps
unraveled fate.

I am older now,
my passion gentled
in waters deeper than desire,
where all begins in You.

En Toi

Quand j'étais jeune,
j'appelais la passion
d'un pétale de marguerite
ou de l'étoile du Berger.

Quand enfin elle surgit,
je brûlai hors toute raison
sans que chevalier survînt
me sauver des flammes.

Le chemin fut long et solitaire,
dédale d'épines et de chagrin,
où mes pas chancelants
dévidèrent le destin.

Depuis j'ai mûri,
ma passion adoucie
en profondeurs dépassant le désir,
où tout commence en Toi.

Before You

Before I heard
Your Voice
in the wind,

before I saw
Your Face
on the threshold of dawn,

I stumbled along—
a swallow
with broken wing.

Now I sing
of Earth
and her tenderness—

a lark
in the haven
of Your Heart.

Avant Toi

Quand j'ignorais encore
Ta Voix
dans le vent,

quand j'ignorais encore
Ton Visage
à la lisière de l'aube,

je peinais -
hirondelle
à l'aile brisée.

Mais aujourd'hui
je chante
la Terre et sa tendresse -

alouette
dans l'arche
de Ton Cœur.

Poem for Bill

In memory of my brother
19 April 1951 to 11 May 2015

You left us
beneath the flower moon
which did not shine
in the hospital room

moon
of migrating birds
whose song
you no longer heard

We will remember
that day
the hour
your heart stopped

I saw you
enter the light
escorted by two angels

then a weight
lifted
from my soul

Now I hear
the oriole
with your ear

and with your eyes
I see the moon
and the stars.

Poème pour Bill

À la mémoire de mon frère
19 avril 1951 au 11 mai 2015

Tu nous quittas
sous la lune des fleurs
qui ne pénétrait pas
dans la chambre d'hôpital

lune
d'oiseaux migrateurs
dont tu ne suivais plus
la mélodie

Nous nous souviendrons
de ce jour-là
de l'heure
où ton cœur s'arrêta

Je te vis partir
dans la lumière
escorté par deux anges

puis mon âme
opprimée
s'allégea

Maintenant c'est en toi
que j'entends
le loriot

c'est en toi
que brillent
la lune et les étoiles.

Grief, My Companion

Once again
death takes
a cherished face

you call
from the valley
of shadows

I come
dragging
my fears
and sorrow

together
we begin
that painful climb
toward Life

the winnowing
of each memory
the letting go
and slow

reweaving
of what is real
into a tapestry
of light

Grief, my companion,
familiar as the land
faithful as the stars.

Ô deuil, compagnon

Une fois encore
la mort saisit
un visage chéri

tu appelles
de la vallée
de l'ombre

je viens
traînaillant
mes peurs
et mon chagrin

ensemble
nous reprenons
la montée douloureuse
vers la Vie

nous vannons
les souvenances
laissant
la balle

retissant
péniblement le réel
en une tapisserie
de lumière

Ô deuil, compagnon,
familier comme le pays
fidèle comme l'étoile.

The Call

In the silent night
I hear a thrum

is it the heartbeat of a star
or a beloved one?

L'appel

Dans le calme de la nuit
j'entends un battement

est-ce le cœur d'une étoile
ou d'un être chéri ?

Autumn Night

On this autumn night
too beautiful for sleep

wrapped in dazzling darkness
I wander through the diamond fields
of the sky.

Nuit d'automne

En cette nuit d'automne
trop belle pour le sommeil

enrobée dans le noir étincelant
j'erre par les champs
          de diamants.

Evensong

These green hills
the setting sun
these tall pines
the sparrow and I
            as one

raise our hymn
to the night.

Vêpres

Ces vertes collines
le soleil couchant
ces hauts sapins
le moineau et moi
          en chœur

vouons notre hymne
à la nuit.

Long-awaited Guest

In the stillness of evening
You brighten my solitude

in answer
to my unvoiced prayer

I welcome You
with my whole life

at every encounter
I revere You more

You invite me beyond
what limits me

now limitless
I grow toward You.

Hôte longuement espéré

Dans le silence du soir
Tu éclaires ma solitude

réponse
à ma prière inexprimée

je T'accueille
par ma vie entière

à chaque rencontre
je Te révère plus encore

Tu m'invites au-delà
de mes limites

désormais illimitée
j'avance vers Toi.

The Wonder

This is the wonder
our minds forget
the secret sung
by the sun
to the seed

to the deep root
the budding branch
and the unfathomable core
of the tree
of Life

this is the miracle
certain as the seasons
tenacious as our quest
Your fruit is ripening
in our untold depths.

Le prodige

C'est le prodige
que l'esprit recèle
le secret
que le soleil chante
à la graine

à la profonde racine
à la branche bourgeonnante
au noyau insondable
de l'Arbre
de Vie

c'est le miracle
certain comme les saisons
tenace comme notre quête
Ton fruit mûrit
en nos tréfonds indicibles.

Love

You hold us
in Your Heart

as the sky
enfolds the clouds

born of You
we journey toward You.

Amour

Tu nous tiens
en Ton Cœur

comme le ciel
étreint les nuages

nés de Toi
nous voyageons vers Toi.

Words

Flickers
of eternity

glimpsed
in the clear waters
where Love dwells.

Mots

Fragments
d'éternité

saisis
dans l'eau claire
où l'Amour demeure.

It Is Mine

It is mine to cherish this world
to see love in a stranger's face
and life in the frozen field

it is mine to sing this world
with the flute note of the thrush
or the hawk's keen cry

it is mine to soothe this world
in the sanctuary of a poem
and the quiet company of words.

Il m'est donné

Il m'est donné de chérir ce monde
de voir l'amour dans un visage étranger
et la vie dans le champ glacé

il m'est donné de chanter ce monde
avec la note flûtée de la grive
ou l'appel perçant de l'épervier

il m'est donné d'assouvir ce monde
dans le sanctuaire d'un poème
et la paisible compagnie des mots.

Winter Morning

At the end of this long night
I welcome a poem free and bright,
simple enough for my mind to hold:

the shining arc of a redbird's flight
and the whitethroat's limpid note.

Matin d'hiver

À la fin de cette longue nuit
je souhaite un poème lumineux et libre,
simple à la portée de mon esprit :

l'essor rutilant du cardinal
et la note limpide du bruant.

Our Souls

If our souls grew
like trees
roots anchored deep
branches open wide

birds would come
build their homes
and give birth
to song.

Nos âmes

Si nos âmes mûrissaient
          comme les arbres
aux racines ancrées, profondes
aux branchages grands ouverts

les oiseaux y viendraient
bâtir leurs nids
et donner jour
          à la mélodie.

ACTS OF GRACE
ACTES DE GRÂCE

In memory of Andrée Chedid
(March 20, 1920 to February 6, 2011)

À la mémoire d'Andrée Chedid
(20 mars 1920 au 6 février 2011)

Angel of My Night

Last night
you came to me
clothed all in light

you offered me a gift
the journal of a poet
yet to be transcribed

as I bent to open it
you took my hand
and pressed it to your lips

and by this act of grace
our worlds
were forever joined.

Ange de ma nuit

Cette nuit
tu es venue
de lumière toute vêtue

tu m'as tendu une offrande
le journal d'un poète
encore à transcrire

quand je me penchais pour l'ouvrir
tu m'as pris la main
tes lèvres m'effleurant les doigts

et par cet acte de grâce
nos mondes
désormais s'accordaient.

Woman of All the Gardens of the World

Woman of earth
you walk beside the ancient gods
the wellspring of your words
appeases their thirst for fire

Woman of space
you travel on the rim of darkness
clothed only in your light

Woman of all the gardens of the world
you sow the seeds of a future at peace.

Femme de tous les jardins du monde

Femme de terre
tu côtoies les anciens dieux
tes mots de source
assouvissent leur soif de feu

Femme d'espace
tu longes les gouffres obscurs
vêtue de ta seule lumière

Femme de tous les jardins du monde
tu sèmes les graines d'un avenir de paix.

Silence and Truths

Naiad of an undying spring
you plumbed the depths
in search of words most free

you strung them into poems
your offering to Life
you faithful scribe
of her violence and splendor

Long were you acolyte and master
now the word in you is mute
you no longer hallow with a black felt pen
humankind—mirror of the sun—

you no longer sing
of shadow and star
in silence you fathom other truths.

Silence et vérités

Naïade d'une source intarissable
tu plombais l'abîme
en quête des mots les plus libres

tu les filais en poèmes
ton offrande à la Vie
toi fidèle scribe
de sa violence et de sa splendeur

Longtemps tu étais acolyte et maître
aujourd'hui la parole en toi s'est tue
tu ne sacres plus avec un feutre noir
l'être humain - miroir du soleil -

tu ne chantes plus
ni ténèbres ni étoiles
en silence tu sondes d'autres vérités.

Your Final Night

For half a decade you resisted
the illness that claimed you—first your mind
then your body and the parchment of your hands
washed forever of their poet's ink

day by day you diminished
until that final night
when softly as a prayer
you slipped beneath death's wing

you who taught me the savor of words
you who awakened me to a second life
you for whom it remained only
to transform death into a bird of light.

Ta nuit dernière

Année après année cinq ans tu résistas
à la maladie qui prit - d'abord ta pensée
puis ton corps et le parchemin de tes mains
lavées pour toujours de leur encre de poète

jour par jour tu diminuais
jusqu'à cette nuit dernière
où paisible comme une prière
tu t'es glissée sous l'aile de la mort

toi qui m'as initiée à la saveur des mots
toi qui m'as insufflé une seconde vie
toi qui n'attendais encore
que de transformer la mort en oiseau de lumière.

Prayer for You

For you who inscribed
the beauty of night
the magic of a flower

for you who rewove
the fragile fabric
of the Heart

I offer this prayer:
may you ever repose
in the grace of this world

whose ardent love
was all the miracle
you desired.

Prière pour toi

Pour toi qui transcrivais
la beauté des nuits
la magie d'une fleur

pour toi qui retissais
l'étoffe ténue
du Cœur

j'offre cette prière :
qu'à jamais tu reposes
en la grâce de ce monde

dont l'amour ardent
était tout le miracle
que tu désirais.

I Am Only Clay

Sometimes
I find in words
the clarity of your gaze
the echoes of your voice

Other times
I seek in vain
your azure eyes
your silken touch

You are gone
and I remain
you are pure light
and I am only clay.

Je ne suis qu'argile

Parfois
je retrouve dans les mots
l'éclat de ton regard
les résonances de ta voix

D'autres fois
je cherche en vain
l'azur de tes yeux
la soie de tes mains

Tu es partie
et je demeure
tu es pure lumière
et je ne suis qu'argile.

Inheritance of Love

You kept
a place for me
on the shores of poetry

you gave me
words
against the night

you left me
an inheritance of love
            never-ending.

Héritage d'amour

Tu me gardas une place
sur les sables de la poésie

tu me tendis des paroles
contre la nuit

tu me fis
héritière d'amour
          à jamais.

Will I Meet You?

Will I meet you
on the shores
beyond our days?

My heart has carried
your memory
for so long—

will you greet me
in silence
or with the planets' song?

Will we wander
beside still waters
or in a field of stars?

Te retrouverai-je ?

Te retrouverai-je
sur les rives
par-delà nos jours ?

Mon cœur porte
ton souvenir
si longuement -

m'y recevras-tu
en silence
ou au refrain des planètes ?

Errons-nous
le long des eaux paisibles
ou par un champ d'étoiles ?

ABOUT THE AUTHOR

Born in Pennsylvania, Judy Pfau grew up in Ohio, where she now lives in the Welsh Hills of Granville. Her first collection of verse, *Country of Lilies / Pays de Lys / Lilienland*, was published in Germany in 2008.

Professor Emerita of French under the name Judy Pfau Cochran, she taught French language and literature at Denison University in Granville, where she specialized in poetry. After her pivotal meeting with Andrée Chedid in Paris in 1986, Judy Pfau Cochran authored numerous articles and three books on Chedid's works, including *Selected Poems of Andrée Chedid*, the first bilingual French/English anthology of Chedid's poetry. During the course of their long friendship, Judy Pfau became a poet.

SUR L'AUTEUR

Née en Pennsylvanie, Judy Pfau grandit dans l'Ohio. Elle y vit aujourd'hui dans les collines galloises de Granville. Son premier recueil de poèmes, *Country of Lilies / Pays de Lys / Lilienland*, parut en Allemagne en 2008.

Professeure émérite de lettres françaises sous le nom de Judy Pfau Cochran, elle enseigna le français et la littérature à l'Université de Denison à Granville où elle se spécialisa en poésie. Après sa rencontre importante avec Andrée Chedid à Paris en 1986, Judy Pfau Cochran publia de nombreux articles et trois livres sur l'œuvre de Chedid y compris *Selected Poems of Andrée Chedid*, la première anthologie bilingue, français/anglais, de la poésie de Chedid. Au cours de leur longue amitié, Judy Pfau est devenue poète.

Selected Bibliography / Bibliographie choisie

Poetry / Poésie

Country of Lilies/Pays de Lys/Lilienland. Rimbach: Éditions En Forêt/ Verlag Im Wald, 2008.

Books / Livres

Selected Poems of Andrée Chedid. Lewiston, NY: Mellen Press, 1995.
Belgian Women Poets: An Anthology, avec Renée Linkhorn. New York: Peter Lang, 2000.
Territories of Breath /Territoires du souffle: Bilingual Translation. NY: Mellen Press, 2002.
Sur les chemins de l'Imaginaire…On the trails of my Fancy…. Paris : L'Harmattan, 2016.

Articles

« Double-pays: l'univers poétique d'Andrée Chedid », *Revue Francophone* 8.2 (1993).
« Le Mythe du feu et le principe féminin dans 'Paysages' et *Les Marches de sable* d'Andrée Chedid », *LittéRéalité* 8.1-2 (1995).
« De la guerre à la guérison : le mythe de l'enfant dans l'œuvre d'Andrée Chedid » dans *Andrée Chedid : Chantiers de l'écrit.* Édité par Sergio Villani. Ontario, Canada : Albion Press, 1996.
"Andrée Chedid: Poet of Flesh and Destiny," *Antemnae* 4 (2002).
« Andrée Chedid », *Le Journal des Poètes* 4 (janvier/février/mars 2004).
« Andrée Chedid, poète de présence et d'avenir » dans *Andrée Chedid: Racines et liberté.* Édité par Jacques Girault & Bernard Lecherbonnier (Université Paris 13). Paris : L'Harmattan, 2004.

Table of Contents

LISTENING TO TREES

ACTS OF GRACE

Table des matières

À L'ÉCOUTE DES ARBRES

ACTES DE GRÂCE

Structures éditoriales du groupe L'Harmattan

L'Harmattan Italie
Via degli Artisti, 15
10124 Torino
harmattan.italia@gmail.com

L'Harmattan Hongrie
Kossuth l. u. 14-16.
1053 Budapest
harmattan@harmattan.hu

L'Harmattan Sénégal
10 VDN en face Mermoz
BP 45034 Dakar-Fann
senharmattan@gmail.com

L'Harmattan Cameroun
TSINGA/FECAFOOT
BP 11486 Yaoundé
inkoukam@gmail.com

L'Harmattan Burkina Faso
Achille Somé – tengnule@hotmail.fr

L'Harmattan Guinée
Almamya, rue KA 028 OKB Agency
BP 3470 Conakry
harmattanguinee@yahoo.fr

L'Harmattan RDC
185, avenue Nyangwe
Commune de Lingwala – Kinshasa
matangilamusadila@yahoo.fr

L'Harmattan Congo
67, boulevard Denis-Sassou-N'Guesso
BP 2874 Brazzaville
harmattan.congo@yahoo.fr

L'Harmattan Mali
Sirakoro-Meguetana V31
Bamako
syllaka@yahoo.fr

L'Harmattan Togo
Djidjole – Lomé
Maison Amela
face EPP BATOME
ddamela@aol.com

L'Harmattan Côte d'Ivoire
Résidence Karl – Cité des Arts
Abidjan-Cocody
03 BP 1588 Abidjan
espace_harmattan.ci@hotmail.fr

L'Harmattan Algérie
22, rue Moulay-Mohamed
31000 Oran
info2@harmattan-algerie.com

L'Harmattan Maroc
5, rue Ferrane-Kouicha, Talaâ-Elkbira
Chrableyine, Fès-Médine
30000 Fès
harmattan.maroc@gmail.com

Nos librairies en France

Librairie internationale
16, rue des Écoles – 75005 Paris
librairie.internationale@harmattan.fr
01 40 46 79 11
www.librairieharmattan.com

Lib. sciences humaines & histoire
21, rue des Écoles – 75005 Paris
librairie.sh@harmattan.fr
01 46 34 13 71
www.librairieharmattansh.com

Librairie l'Espace Harmattan
21 bis, rue des Écoles – 75005 Paris
librairie.espace@harmattan.fr
01 43 29 49 42

Lib. Méditerranée & Moyen-Orient
7, rue des Carmes – 75005 Paris
librairie.mediterranee@harmattan.fr
01 43 29 71 15

Librairie Le Lucernaire
53, rue Notre-Dame-des-Champs – 75006 Paris
librairie@lucernaire.fr
01 42 22 67 13